돌아다보면 문득

돌아다보면 문득

정 희 성 시 집

창비

차 례

제1부

희망 010

어둠속에서 011

바닷가 벤치 012

흔적 013

가을날 014

11월은 모두 다 사라진 것은 아닌 달 015

그날도 요로코롬 왔으면 016

성자 017

소년 018

해골 019

독경 020

하회(河回)에서 021

고구려에 다녀와서 022

서경별곡 023

낯선 나라에서의 하룻밤 024

늙은 릭샤꾼 026

그가 안경 너머로 나를 쏘아보고 있다 027

여자만 가는 길 028

봄날 029

희망공부 030

제2부

아가(雅歌) 032

그 여자 033

송월장 주인 034

작은 밭 035

해창리 036

2007년 6월의 마지막 날 038

허수아비 040

맞수 041

내가 아는 선배는 042

새우젓 사러 광천에 가서 044

양말 깁는 어머니 045

태백산행 046

선시산인(仙是山人) 048

선죽교 050

초야일기 052

몽유백령도(夢遊白翎圖) 053

기행 056

빠리의 우울 057

언덕 위의 집 058

반딧불이 노래 060

임진각에서 얻은 시상 061

제3부

아누비스의 저울 064

우울증 065

내 시는 나와 함께 066

시인 본색 067

시인 박영근 068

권정생 070

검은 소묘 072

자화상 073

이 좋은 봄날에 074

에다가와 노래 075

안부 076

산 077

누가 어머니의 가슴에 삽날을 들이대는가 078

겨자꽃 핀 봄날에 080

나의 고향은 082

야망 083

나도 내가 많이 망가졌다는 것을 안다 084

허허 086

초승달 087

태백 하늘에 떠도는 눈발처럼 088

꼬리를 자르면 날개가 돋을지 089

새로운 세기의 노래 090

해설 | 박수연 091

시인의 말 106

제1부

희망

그 별은 아무에게나 보이는 것은 아니다
그 별은 어둠속에서 조용히
자기를 들여다볼 줄 아는 사람의 눈에나 모습을 드러
낸다

어둠속에서

빛 안에 어둠이 있었네
불을 끄자
어둠이 그 모습을 드러냈네
집은 조용했고
바람이 불었으며
세상 밖에 나앉아
나는 쓸쓸했네

바닷가 벤치

마음이 만약 쓸쓸함을 구한다면
기차 타고 정동진에 가보라
젊어 한때 너도 시인이었지
출렁이는 바다와
바다를 바라보고 서 있는 소나무 한 그루
그 위를 떠가는 흰 구름
그리고 바닷가 모래 위 작은 벤치에는
너보다 먼저 온 외로움이
너를 기다리고 있다

흔적

어머니가 떠난 자리에
어머니가 벗어놓은 그림자만 남아 있다
저승으로 거처를 옮기신 지 2년인데
서울특별시 강서구청장이 보낸
체납주민세 납부청구서가 날아들었다
화곡동 어디 자식들 몰래 살아 계신가 싶어
가슴이 마구 뛰었다

가을날

길가의 코스모스를 보고
가슴이 철렁했다
나에게 남은 날이
많지 않다
선득하니, 바람에 흔들리는
코스모스 그림자가 한층 길어졌다

11월은 모두 다 사라진 것은 아닌 달

11월은 모두 다 사라진 것은 아닌 달*
빛 고운 사랑의 추억이 남아 있네
그대와 함께한 빛났던 순간
지금은 어디에 머물렀을까
어느덧 혼자 있을 준비를 하는
시간은 저만치 우두커니 서 있네
그대와 함께한 빛났던 순간
가슴에 아련히 되살아나는
11월은 모두 다 사라진 것은 아닌 달
빛 고운 사랑의 추억이 나부끼네

* 아메리카 원주민 아라파호족은 11월을 '모두 다 사라진 것
  은 아닌 달'이라 부른다.

그날도 요로코롬 왔으면

감꽃 지자 달린
하늘 젖꼭지
그대여 날 가는 줄 모르고
우리네 사랑 깊을 대로 깊어
돌아다보면 문득
감이 익겠네

성자

불교의 수호자 자야바르만 7세가
어머니의 극락왕생을 위해 세웠다는 타 프롬
13세기 후반부터 이어진 샴군의 침략으로
수백년 동안 방치된 채 폐허가 된 사원
오랜 세월 적막한 하늘을 휘돌던 새가
똥을 싸고 간 자리에서 움튼 씨앗
열대 아시아에 분포한다는 상록 교목이
거대한 뱀처럼 사원을 휘감고 있다
그 옛날 평화로운 아침을 열었던
종소리는 들려오지 않는데
밤새 별들이 떨어져내린 사원 뜨락에서
작은 종을 팔고 있는 노인 곁에는
새벽길을 쓸던 빗자루 하나가 놓여 있다

소년

신들의 도시 앙코르톰

소년 하나가 물이 말라가는 못에서 연꽃 한 송이를 꺾어 들고 나온다

나는 소리를 질렀다

내 말을 못 알아들은 탓일까

놀라 돌아다보는 소년의 눈에 언뜻 비친 눈부처!

* 앙코르톰은 자야바르만 7세가 세운 거대한 도성이다.

해골

저 몸서리치는
캄캄한 눈구멍이
이를 악물고
세상을 내다보고 있다
한때는 저 눈에
별이 빛났으리

독경

일하고 돌아와
발 씻고
나를 마주해 앉다

빈 마음자리에 차오르는
빛!

하회(河回)에서

저녁 무렵 만대루에 올라 바라보노라
병풍 같은 절벽 세상을 막아서고
강물은 마을을 둘러 흐르는데
이쯤에서 그만 나도 다리를 뻗고 싶다
저물어 깊어가는 강물을 바라보느니
어디선가 고인(古人)의 글 읽는 소리
골 깊어 다시 돌아가기도 어려울 터
글공부나 할밖에 예서 달리 무얼 할까

* 만대루는 병산서원에 있는 누각으로 두보의 시 「백제성루」
  의 '취병의만대(翠屛宜晚對)'에서 따온 것이다.

고구려에 다녀와서

광개토(廣開土)
그 이름처럼 광활했던 옛 나라
바람 몰아 달리던 투구 갑옷 어디 갔나

발해의 하늘
구름 속에 흐린데
말 울음소리 들리지 않네

서경별곡

대동강 흘러서 내려가는 곳
풀빛 푸른 강 언덕 아니라도
평양서 멀지 않은 강가 어디쯤
정지상도 거기 서 있었으리
상사화 그러안은 묘향산 보현사에
열없이 앉아 님 생각하다가
돌아오며 무심코 외워보는 진달래꽃
김준태가 들었는지 저어기가 영변이라고
가리키는 들녘 멀리 노을이 지데
삼수는 어디고 갑산은 어디일까
삼수갑산 내 못 가고
굳고 정한 갈매나무
그 드물다는 나무를 생각하며 하이야니
눈을 맞고 서 있었을 백석
남신의주는 너무나 먼데
청천강 참 맑은 물 흘러서 가데

낯선 나라에서의 하룻밤

　50년이나 걸려 우리는 낯선 나라에 기착했다 까까머리
로 떠났는데 그곳에 도착하자 수염이 희끗희끗해졌다 그
들은 손 흔들어 환영했지만 우리를 이상한 나라에서 온
사람들로 여기는 듯했다 축제소식을 듣고 온 우리는 행
사장의 상징성 때문에 참석하기 곤란하다며 옥신각신했
다 인민들이 땡볕에서 당신들을 기다리고 있어 안내원들
은 차를 대놓고 재촉했다 거기 가면 큰일 나 감독관이 으
름장을 놓았다 나는 술을 마셨다
　우주선은 낯선 곳에 우리를 부려놓고 어느 별로 간 것
일까 우리는 호텔 안에 갇혀 있었다 유리창 밖으로 무성
영화처럼 다른 세계가 펼쳐져 있었다 인민들은 잿더미
위에 거대한 조형물의 도시를 세웠다 화면이 어두워 잘
보이지 않았다 건너편 아파트는 밤이 되었는데도 불 켜
지 않은 곳이 많았다 초저녁부터 무슨 짓을 하느라 불도
켜지 않는 거야 따지러 가려 했지만 안내원이 가로막았
다 말로는 안전문제라지만 무균사회 인민들이 감염될까
접촉을 꺼리는 눈치였다

내려다보는 평양역에서 기차는 궤도를 벗어나 달리고 싶어했다 어쩐 일일까 남쪽 나라에서 오래전에 낙인찍은 사내들이 이곳 낯선 나라 애국열사릉에 묻혀 있다고 했다 영변 약산 진달래꽃밭에 숨겨놓았다는 미사일 소문이 수그러들지 않았다 로비에 앉아 나는 거푸 술만 마셔댔다

　낮에 본 물고기 상점이 떠올라 어디 매운탕 잘 끓이는 데 없냐고 물었더니 안내원은 대꾸도 안했다 잠이나 잘까 하고 객실로 올라와 열쇠를 찔러도 들어가지 않고 안에서 누구야 소리만 들렸다 간신히 방을 찾아 몸을 눕혔다 속이 미어지는데 눈물도 안 났다 우주선을 기다리며 하루가 무성영화처럼 지나갔다 필름이 자주 끊겼다

늙은 릭샤꾼

딱히 어디로 가자고 한 것도 아니었다
늙은 릭샤꾼은 힘에 겨운 듯
야무나 강변에 나를 내려놓고 담배에 불을 붙였다
강 건너편으로 죽은 자를 위한
화려한 집 타지마할이 한눈에 들어오고
강 이쪽은 눈길을 주기가 민망할 빈민들의 거처였다
이 묘한 지점에 나를 세워두고 어쩌자는 것일까
나는 늙은 릭샤꾼의 눈을 들여다보았다
그는 나를 향해 서 있었지만 나를 보고 있지는 않았다
그의 눈길은 나를 지나
내 뒤의 무엇을 향해 있었는데
퀭한 눈으로 그가 건너다보는 세상이
어떤 것인지 알 수가 없었다
어깨 너머로 노을이 지고 있을 뿐이었다

* 이 시는 발표 당시 줄글이었는데 이길룡 화백의 의견을 좇아
  귀글로 바꾼다. 이로써 줄글에도 호흡이 있어야 함을 새삼
  생각하게 된다.

그가 안경 너머로 나를 쏘아보고 있다

큰 전쟁이 날 거라고들 했다
세상 참 더럽게 돌아간다 생각하며
간디박물관에 들어섰다
내가 태어날 무렵에 죽었을
간디의 벗은 몸을 보았다
소금을 만들기 위해 행진하던
그가 안경 너머로 나를 쏘아보고 있다
세상을 선사시대로 돌려놓기 위해
미국의 야만주의자들이
사막의 모래를 더 잘게 부수고 있는 이 순간
바스러진 모래알 틈에서
아프가니스탄 전쟁고아의 울음소리가 들려왔다
날씨 탓만은 아니다
나는 너무 많은 옷을 입고 있다

여자만 가는 길

봄눈이 어지럽다
그야말로 춘설이 난분분인데
매화나무 가지가 바람에 시달린다
여기가 글자 그대로 즐겁고 편안한 곳일까
숨을 돌리고 언덕에 서서
눈에 갇힌 낙안(樂安) 벌을 내려다본다
저 첨산(尖山) 밖이 꿈에 본 여자만(汝自灣)이리라
해 지기 전에 갈 길이 먼데
먼 산등성이가 갈기를 휘날리며
눈보라 채찍쳐 달리고 있다

* 여자만은 순천만의 옛 이름으로 노인들은 그곳을 '넘자만'이
라 부른다고 한다.

봄날

날 좋다 햇빛 알갱이 다 보이네
하늘에서 해가 내려 알을 슬어놓은 듯
볕 바랜 이불호청 해 냄새 난다
꺄르르 가시나들 웃음소리에
울밑에 봉선화도 발돋움하겠네

희망공부

절망의 반대가 희망은 아니다
어두운 밤하늘에 별이 빛나듯
희망은 절망 속에 싹트는 거지
만약에 우리가 희망함이 적다면
그 누가 이 세상을 비추어줄까

* '희망공부'라는 제목과 노랫말의 첫행은 백낙청 선생의 글
  에서 따왔고, '희망함이 적다'는 표현은 전태일 열사의 일기
  에 나오는 구절이다.

제2부

아가(雅歌)

아, 제발 그대가 내게 입맞춰주었으면!*
깃털처럼 가벼이 날아가 그대의 젖가슴에 닿을 수 있
다면
스완의 목같이 늘씬한 그대 허리에 손을 얹고
건반에 뛰노는 손가락이 되어 그대를 연주할 수 있다면
오 하느님, 딱 한번 해봤으면!
꿈에라도
벌거벗은 이 꿈 들키지 말았으면!

* 성경 「아가서」의 앞부분.

그 여자

돈도
남편도 없지
자식만 둘 있는

가진 게 너무나 많은
그 여자

슬픔 때문에
허리띠가 남아도는*

* 어느 젊은 시인의 시에서 보았다는, 이진명 시인의 시구를
다시 인용함.

송월장 주인

합방하고도 합궁을 못하면
짐승만도 못하다는데
송월장 주인 우이동 씨는
짝 맞는 손님은 안 받는단다

작은 밭

평생 아이들 자라는 것만 보다가
퇴임하고 들어앉은 나에게
허구한 날 방구들만 지고 있으면 어떡하냐고
아내가 불쑥 내민 호미 한 자루
하느님, 나는 손톱 밑에 흙을 묻혀본 적 없고
상추 한잎 이웃과 나눈 일이 없습니다
아내가 얻어놓은 작은 밭이랑에
어떻게 아이들을 심을까요
내 서툰 호미질이
어린 상추싹을 다치게 할까 걱정입니다

해창리

언젠가 여기를 지난 적이 있다
나에겐 이곳이 생태로서가 아니라
풍경으로 먼저 온다

낯익은 이 아름다운 바닷가를 지나다가
장승들이 서 있는 갯가에 차를 세웠다
물막이 공사가 거의 끝난 해창리
바닷물은 저만치 밀려나 있다
이제 수평선은 지평선이 되려 한다

새로 산 디지털 카메라로
물 마른 갯벌을 찍다가
문득 장승에 붙어 있는 따개비를 보았다
여기까지 물이 들어왔겠지

칠면초라던가
짠물을 먹고 자란다는

채송화 모양으로 생긴
풀이 아직은 살아 있다

그러나 이 모든 것이
추억이 될 것이다
이 바닷가에 더이상 어린 게가 기어다니지 않으리라

장승 앞에 그대를 세워두고 사진을 찍던
해질녘의 이 아름다운 시간도
따개비도
칠면초도
그렇다, 이 모든 것이 추억이 되고 말 것이다

2007년 6월의 마지막 날

6월의 마지막 날 마침내
우리는 조상 대대로 물려온
나라를 시장에 내다팔았다
이로써 새만금과 한미 FTA를 완수한
대통령은 모든 게 다 잘될 거라고
자신의 믿음을 천명하였다
반대할 게 뻔한 환경론자들
생태주의자들 물정 모르는 시인들
민중들의 의사 따위야 들어보나마나
한 노동자가 분신하고 난 뒤에도
새만금에서 원인 모를 파도가 솟구치고
갇힌 바다에서 억조창생이 죽어가며
아우성치는 소리는 들리지도 않았다
이제 머지않아 이 바닥에는 손들어
이의를 제기할 생명체가 사라지고
세상은 한결 고요해질 것이라고
모든 게 다 잘될 거라고

비로소 중차대한 국가정책을 완수했노라고
대통령은 확신에 찬 담화를 발표하였다
개펄에서 어린 게가 이의를 제기하던
집게손을 힘없이 늘어뜨리는 순간
이제 너 내다팔 이무것도 없이
시장의 논리에 맡겨진 이 나라도
대통령도 할 일이 없어졌다
보시기에
평화로웠다

허수아비

참새가 참새인 것은
제가 참새인 줄 모르기 때문

허수아비가 허수아비인 것은
제 머리에 새가 앉아도 가만 있기 때문

허수아비 주인이 허수아비나 마찬가지인 것은
허수아비가 참새를 쫓아줄 거라 믿기 때문

이 땅의 농부가 농부인 것은

그런 줄 알면서도 벼 익는 들판에 허수아비를 세우고
우여어 우여어 허공에 헛손질하기 때문

맞수

바둑판을 무겁게 만든 건 이유가 있어서일 게다. 장기를 잘 두던 앞집 친구 일남이와 마주 앉으면 저녁 먹으라고 부르러 올 때까지 일어설 줄을 몰랐는데, 그걸 늘 못마땅히 여기던 아버지가 하루는 장기판 앞에 나를 불러앉혔다. 열 판이면 열 판 아버지는 외통수에 몰려 쩔쩔매었고 일수불퇴인지라 물려달라는 소리도 못하고 내가 오줌 누러 갔다 와도 얼굴이 벌개진 채 그냥 그 자리에 앉아 끙끙 앓으며 장기알만 만지작거리시는 것이었다. 나는 별 생각 없이 남들이 늘 하는 대로 따먹은 상(象)이나 마(馬) 따위를 딸그락거리며, 장기 두는 사람 어디 갔나, 하고 약을 올렸던 것인데 그 순간 눈에서 불이 번쩍하며 장기판이 그만 박살이 나고 말았다. 이놈의 자식 하라는 공부는 안하고…… 나중에 혼자 있을 때 가만히 생각해보니 장기판이 너무 가벼워서 장기를 오래 두다보면 사람도 그렇게 경망스러워지는가보다 싶어, 그다음부터는 아버지하고 장기는 안 두고 바둑만 두기로 마음에 다짐을 두었던 것이다.

내가 아는 선배는

　술만 취하면 그 얘기였다. 그날도 시장 근처 늘 가던 술집에서 거나하게 마시고 취한 김에 주모를 불러 영화배우 허장강이 하던 식으로, 마담 우리 심심한데 뽀뽀나 한번 할까, 하고 농담 반 진담 반으로 을렀던 것인데 여자가 그날따라 선선하게 문단속하고 갈 테니 요 앞 여관에 먼저 가 기다리라고 하더란다. 그래 얼씨구나 싶어 그여자와 잠자리에서 같이 먹을 요량으로 바나나 두 개 홍시 두 개 귤 몇개인가를 사 비닐봉지에 담아들고 콧노래 흥얼대며 들어가 잠자리 펴놓고 기다리는데, 한 시간이 지나고 두 시간이 지나도 금방 온다던 사람이 안 오는 거라. 그래 주섬주섬 바지를 꿰어입고 나가보니 술집은 벌써 불이 꺼져 썰렁하고 달만 휘영청 밝은데 전봇대 밑에다 오줌을 깔기며 닭 쫓던 뭐 모양으로 멍하니 하늘만 올려다보다 그길로 곧장 집에 들어갔던 것인데, 그때까지 잠도 안자고 기다리던 자식놈이 손에 들린 비닐봉지를 받아들고 아빠 이게 뭐야 하면서 애비 한입 먹어보라 소리도 안하고 게눈 감추듯하는 모양을 보고, 무어라 말은

못하고 내 그놈의 집 두번 다시 가나 봐라 입술을 깨물며
눈물을 삼켰다는 것이다.

새우젓 사러 광천에 가서

주일날 새우젓 사러 광천에 갔다가
미사 끝나고 신부님한테 인사를 하니
신부님이 먼저 알고, 예까지 젓 사러 왔냐고
우리 성당 자매님들 젓 좀 팔아주라고
우리가 기뻐 대답하기를, 그러마고
어느 자매님 젓이 제일 맛있냐고
신부님이 뒤통수를 긁으며
글쎄 내가 자매님들 젓을 다 먹어봤겠느냐고
우리가 공연히 얼굴을 붉히며
그도 그렇겠노라고

양말 깁는 어머니

어머니가 흐릿한 불빛 아래서 양말 뒷축에 알전구를 끼워 구멍난 양말을 깁고 있는 동안 나는 전과지도서를 펴놓고 어머니 옆에 배를 깔고 엎드려 공부하며 대청마루 멋쟁이 젊은 여자들과 춤추느라고 아버지가 틀어놓은 유성기에서 흘러나오는 유행가를 따라 부르는데 어머니는, 애야 어른들이나 하는 그런 노래는 배워서 어디다 쓴다냐 느이 아부지 양말 또 구멍났겠다, 그러신다

태백산행

눈이 내린다 기차 타고
태백에 가야겠다
배낭 둘러메고 나서는데
등 뒤에서 아내가 구시렁댄다
지가 열일곱살이야 열아홉살이야

구시렁구시렁 눈이 내리는
산등성 숨차게 올라가는데
칠십 고개 넘어선 노인네들이
여보 젊은이 함께 가지

앞지르는 나를 불러 세워
올해 몇이냐고
쉰일곱이라고
그중 한 사람이 말하기를
조오흘 때다

살아 천년 죽어 천년 한다는
태백산 주목이 평생을 그 모양으로
허옇게 눈을 뒤집어쓰고 서서
좋을 때다 좋을 때다
말을 받는다

당골집 귀때기 새파란 그 계집만
괜스레 나를 보고
늙었다 한다

선시산인(仙是山人)*

조촐한 술자리였다
먼저 온 구중서가 바위마냥 요지부동인데
칠순맞이 신경림이 그 왼쪽에 앉고
얼마 있다 남정현이 와 오른쪽에 자리잡는다
내 옆에 앉아 가만히 그 모양을 바라보던
젊은 평론가 이병훈이 갑자기 눈이 똥그래지더니
내 귀에 대고 영락없는 뫼산(山)자네 하는데
조금 있다 등산복차림의 안 아무개가 쫄래쫄래 들어
오니
그만 그 뫼산(山)자가 흐트러지고 만 것이었다
나는 그게 안타까워 저것 좀 봐 산이 망가졌잖아 하
니까
병훈이가 얼른 알아듣고 배꼽을 잡는데
재미있는 건 뭣 모르고 따라 웃는 안 아무개였다
다른 자리에 가서 내가 이 얘기를 하니까
멀뚱하게 듣고 있던 어떤 이가 핀잔을 하듯
산이 어찌 봉우리가 셋만 있어야 한당가 하는 바람에

나는 그만 머쓱해졌다 아닌게아니라
추사의 글씨에 이런 모양의 산(山)자가 있기는 있었다
그러면 그렇지 안 아무개 땜에 산이 무너진대서야
그걸 어찌 산이라고 할 수 있겠는가
산 옆에 사람이 있으니 그게 바로 신선이지

* 김삿갓의 시에 '선시산인불불인(仙是山人佛不人)'이라는 구
  절이 보인다.

선죽교

개성공단 나무심기 행사에 참가했다가 말로만 듣던 선 죽교에 가볼 기회가 생겼다. 선죽교는 자남산 남쪽 숭양 서원 아래에 있는 길이 6.67m 너비 2.54m밖에 안되는 작은 돌다리. 역성혁명으로 조선을 건국하려는 이방원의 회유에 굴하지 않고 고려에 대한 변함없는 충정을 다짐한 정몽주가 자객에게 살해된 곳이다. 그때 그의 나이 쉰여섯. 단숨에 건너뛸 수도 있었을 이 다리를 그는 끝내건너지 못했다. 처음 다리를 만들었을 때는 '선지교(善地橋)'라 하였는데 정몽주가 살해당한 뒤, 그의 선혈이 얼룩진 자리에 대나무가 피어났다고 해서 선죽교(善竹橋)로 불리게 된 것이다. 원래 난간이 없었으나 1780년 개성 유수로 부임한 정몽주의 후손 정호인이 난간을 둘러 유적을 보호하고 옆에 돌다리를 하나 더 놓아 지금의 모습이되었다 한다. 지금도 선죽교 돌바닥에는 붉은 자국이 남아 있는데, 감회에 젖어 한참을 그렇게 들여다보고 섰노라니, 목소리 낭랑한 여성 안내원 동무가 나를 보고 "그건 핏자국이 아닙네다. 철 성분의 산화 흔적에 불과하디

요” 하며 다리 옆 한석봉이 썼다는 선죽교비(善竹橋碑)로
나를 돌려세운다.

초야일기

새 대통령 취임식이 있던 날 아침 중계방송을 보다 말고 진주 구학산방(九鶴山房)에 책 한 권 부치느라 나갔다와서 젊은 시인이 보내온 시집을 읽다 잠이 들었다 깨보니 아직도 텔레비전은 혼자 지껄이고 창밖에는 싸르락 싸르락 때 아닌 눈이 내리는데 집사람이 새파랗게 얼어서 들어오며 어이 추워 오늘 같은 날 웬 바람이 그렇게 부나 몰라 한다 신발 없어 못 나가는 것도 아닌데 구두 뒤축을 갈아왔다 해서 보니 아주 멀쩡해졌다 텔레비전은 봉하마을로 내려간 전임 대통령의 시골집을 비추어주는데 집이 커서 초야(草野) 같지 않다 나는 초야라고 해서 따로 갈 데도 없다는 생각을 하며 혼자 웃었다

몽유백령도(夢遊白翎圖)

풍경은 얼마쯤 낯설어야 풍경이고
시도 얼마쯤 낯설어야 시가 된다
이 섬의 이름은 원래 곡도(鵠島)
따오기 모양의 거대한 흰 날개를 가졌다는
이 섬의 아름다움은 기이하다
평화와 상생을 위한 문학축전을 마치고
두무진(頭武津)으로 가 유람선을 탔다
아홉시 방향을 보라
선장의 말에 시선이 한쪽으로 쏠린다
구멍 뻥 뚫린 바위 옆에 우뚝 솟은 촛대바위
괭이갈매기 가마우지 똥이 하얗게 쌓인
촛대바위 뒤로는 병풍절벽 가까스로
절벽을 기어오른 덩굴식물 사이로 초소가 보이고
구멍 속에는 초병(哨兵)이 하나 서서
장산곶 하늘의 매를 감시하고 있다
아니, 그는 아마 눈먼 아비를 위해
심청이 몸을 던졌다는 인당수에

연꽃이 언제 피는가 지켜보고 있을 것이다
가마우지가 몇번 자맥질을 하고
물개가 몇번이나 솟구쳐 휘파람을 불고
괭이갈매기는 또 몇번이나 울며 날았는지
하루종일 심심풀이로 헤아렸을 터이다
그렇지 않고서야 바다 한가운데
병사를 세워둘 이유가 무엇이란 말인가
언젠가는 병사들도 심봉사처럼
눈뜰 날이 있을 것이다
그렇지 않고서야 심청이 환생했다는
연화리(蓮花里)가 여기 있을 턱이 없지
그렇지 않고서야 심청각 옆에
탱크를 세워둘 이유가 무엇이란 말인가
옛날 이 바다에 곤(鯤)이라는 물고기가 살고 있었다*
크기가 몇천리가 되는지 모르나
이것이 변해 붕(鵬)이란 새가 되었다
붕새는 얼마나 큰지

한번 날면 하늘을 뒤덮는 구름과 같았다

지금까지 바다 한가운데 웅크리고 있던 그 큰 새가

제 몸에 얹힌 온갖 것 훌훌 털고

크고 흰 날개 퍼득여 하늘로 오를 날

오기는 올 것이다 그렇지 않고서야 어떻게

백령도가 황해바다 한가운데 서 있을 수 있겠는가

* 장자 「소요유(逍遙遊)」에 나오는 말.

기행

오베르 시청은 옛날 그 모습으로 서 있었다
퇴근시간은 멀었는데 공무원들이 하나도 보이지 않는다
어디에 다 숨었지? 하며 무덤으로 올라갔다
아내는 슈퍼에서 산 카네이션 두 송이를
고흐와 테오의 묘비에 올려놓고 나를 쳐다본다
나는 버릇처럼 하나 둘 셋 셔터를 눌렀다
내일 갈 지베르니에는 꽃이 한창이라는데
모네는 꽃이 너무 많아 하고 생각하며 찰칵,
그가 생전에 마지막으로 그렸다는
까마귀가 날고 있는 밀밭에는 까마귀가 보이지 않는다
밀이 익지 않아서일까? 밀이 익을 때쯤이면, 타앙
총성 울리고 까마귀가 이 황금벌판을 까맣게 덮으리라

빠리의 우울

빠리의 겨울 아침은 비에 젖어서
좀처럼 해를 보기 어려웠네
대성당의 종소리도 에스메랄다도 없는
이끼 낀 문명으로 가득 찬 이 도시
진종일 모네의 「수련」 앞에 그림처럼 앉아
시간을 보내는 늙은 부부가 차라리 여유롭네
빠리의 하늘은 여백이 너무 적어
해가 보헤미안처럼 떠도는 것일까
내일은 쌩라자르 역에서 기차 타고
노르망디 해안으로 가 해돋이를 봐야지

* 에스메랄다는 「노트르담 드 빠리」에 나오는 아름다운 집시
  여인이다.
* 모네는 그림에 '쌩라자르 역'과 해돋이를 그리기도 했다.

언덕 위의 집

이 집 주인은 무슨 생각으로
이렇게 문을 낮게 낸 것일까
무심코 열고 들어서다
이마받이하고 눈물이 핑 돌다
낮게 더 낮게
키를 낮춰 변기에 앉으니
수평선이 눈썹에 와 걸린다
한때 김명수 시인이 내려와 산 적이 있다는
포항 바닷가 해돋이 마을
물이 들면 언제고 떠나갈
한 척의 배 같은
하얀 집
내가 처음 이 바다 앞에 섰을 때
나는 아무 말도 할 수가 없었다*
다만 눈썹에 걸린 수평선이
출렁거릴 따름이었다
이 집 주인은 무슨 생각으로

여기다 창을 낸 것일까
머물다 기약 없이 가야 할 자들이
엉덩이 까고 몸 낮춰 앉아
진득이 세상을 내다보게 함일까

* 민박집 명함에 쓰인 이 글귀는 누구의 시구일까.

반딧불이 노래

반디 반디 애반디
지둔리 다랑논 애반디
네 똥꼬에 불났다
　─불 불 무슨 불
여름밤 하늘에 반딧불

반디 반디 늦반디
시우리 구룽지 늦반디
네 똥꼬에 불났다
　─불 불 무슨 불
저녁답 물가에 반딧불

임진각에서 얻은 시상

박봉우 「휴전선」 시비에 헌화하고
망배단(望拜壇)으로 자리를 옮겨
고은 선생의 유장한 연설을 들었다
꽃 속에서도 폭음을 들을 수 있어야
비로소 시인이라는 그의 말을 듣고
햐, 이건 시다, 하고 속으로 감탄하고 있는데
박봉을 털어 『시인』지를 낸다는 이도윤이 옆에 와서
시 두 편만 달라는데 그것도 안 주느냐고 성화다
시 두 편이면 내 일년 농사라고
그거 털어주면 나는 거지라고 하니까
그럼 방금 한 그 말이라도 써서 달란다
그래서 이걸 글이라고 쓰기는 쓰는데
시가 될지 어쩔지는 나도 모르겠다

제3부

아누비스의 저울

　신전(神殿) 뒤편으로 기울어지듯 사라지는 한 사내의
쓸쓸한 뒷모습이 보였다 문명은 몰락하기 위해 존재하는
것 사라진 문명을 팔아먹고 사는 집권자는 예나 지금이
나 파라오이고 운명처럼 혹은 채찍자국처럼 목도질로 어
깨가 무너져내린 사내가 오랜 세기의 해와 달이 빛을 잃
도록 혈거시대인으로 살고 있다 서녘에 잠든 영혼아 그
대의 심장이 깃털보다 가벼울까 문명에 바치는 나의 노
래는 노래가 되지 않는구나

우울증

사람들이 나보고
집 안에 틀어박혀
말도 안되는 시만 쓰지 말고
비타민 디를 먹고
햇볕을 많이 쬐라고 한다
그런 말을 들으면서 나는
아득한 전생에 상추였는지도
모른다는 생각을 하곤 했다

내 시는 나와 함께

나 떠나는 날 내 시도 데리고 가리
시는 언어구조물이라지만
서울의 아파트 같은 콘크리트 건물과는 달라서
그 속에 들어가 즐겁게 혹은 서럽게 살다가
아무도 없는 방 안 휘이 한번 둘러보고
침대에 몸을 눕힌 채 조용히 눈을 감고
그렇게 오랜 세월 흘러도 흉물스럽지는 않으리
나 죽고 나면 내 시 읽을 사람 없고
평생 두고 지은 언어구조물은 무너져
아무도 들어가 사는 이 없고
기쁨이나 슬픔도 형용할 수 없는 표정으로 남았다가
모래처럼 흩어지고 혹은 허공 속에 증발되어
자연으로 고스란히 돌아갈 테니까

시인 본색

누가 듣기 좋은 말을 한답시고 저런 학 같은 시인하고 살면 사는 게 다 시가 아니겠냐고 이 말 듣고 속이 불편해진 마누라가 그 자리에서 내색은 못하고 집에 돌아와 혼자 구시렁거리는데 학 좋아하네 지가 살아봤냐고 학은 무슨 학, 닭이다 닭, 닭 중에도 오골계(烏骨鷄)!

시인 박영근

세상에!
무술년 개띠로 태어나 이 나이 되도록
인감도장 하나 없이 살았더란다

장례 절차를 논의하면서
남일이가 눈시울을 붉히고
그의 이름 앞에 시인이라는 말 말고
더럽게 다른 말 붙이지 말자고 한다

이 말 듣고 집에 돌아와
그의 시집을 펼쳐 본다
'동지도 지났는데 시커먼 그을음뿐
흙부뚜막엔 불 땐 흔적 한점 없고
이제 가마솥에는 물이 끓지 않는다'*라고
생전에 그가 쓴 시의
글자들이 젖은 채 뿔뿔이 달아나려고 한다

'길 위에서, 길을 잃으며

저를 찾고 있는

망가진 사내 하나'*

* 각각 고(故) 박영근 시인의 「길」 「겨울비」(『저 꽃이 불편하
다』) 중에서.

권정생

조선새는 모두가 운다
웃거나 노래하는 새는 한 마리도 없다
고, 권정생은 노래한다
아니, 운다
까치가 운다
까마귀가 울고 꾀꼬리도 울고 참새도 운다
이것이 반만년을 살아온 우리나라 농민들의 정직한
감정
이라고 쓴 선생은
1937년 토오꾜오 혼마찌 헌옷장수 집 뒷방에서
청소부 아버지와 삯바느질꾼 어머니한테서 태어나
빌어먹을! 조선에 돌아와 유랑걸식 끝에
아이들 읽으라고
글 몇줄 남기고
어메 어메 여러번 외치다가 돌아갔다
조선새는 모두가 운다
웃거나 노래하는 새는 한 마리도 없다

*권정생은 일본 토오꾜오의 빈민가에서 태어나 광복 직후 귀국했다. 빈곤으로 가족들과 헤어져 어렸을 때부터 유랑걸식을 하다가 아동문학 작가로서의 삶을 시작, 『무명저고리와 엄마』『몽실언니』등 좋은 작품으로 명성을 얻지만, 오랜 지병 끝에 2007년 5월 17일 세상을 떠났다. "제발, 이 세상, 너무도 아름다운 세상에 사람이 사람을 죽이는 일은 없게 해달라"는 유언과 함께, 자신을 위해서는 한번도 제대로 써보지도 못한 적지 않은 인세를 세상의 굶주리는 아이들에게 남기고 눈물겨운 삶을 마감했다.

검은 소묘

아득한 옛 추억 같은
흑백영화 같은 여운(呂運)의 그림이 나는 그냥 좋다
술 때문에
손이 떨린다는 말을 듣고
속으로 얼마나 울었던가
그 손떨림이 마침내
그림이 되었구나
대명천지 허허백지 앞에 맨 정신으로
떨리지 않고
어찌 사람이겠느냐

자화상

어느 천재 시인이 일필휘지로
하루저녁에 휘갈겨 쓴 시집 한 권을
읽고 읽고 또 소리 내 읽는다
귀신 씻나락 까먹는 소리로
석 달 열흘이 걸려서야 다 읽었다
이 귀신이 필경
내가 미치는 꼴을 보고 싶겠지
낯선 거울 앞에서 나도
귀를 잘라버리고 싶다

이 좋은 봄날에

봄이 오면 대지가 입덧을 한다고
어떤 시인은 노래하는데
이 좋은 봄날에
미국이 기어이 전쟁을 하려나봐요
바그다드에서 어린애 울음소리가 들려와요
이것은 전쟁이 아니라 학살이지요
다리 다친 봄의 신음소리에
우리나라 산수유나무 새싹도 망가지겠어요

에다가와 노래

모국어는 시인에게 조국과도 같은 것
일제하에서도 시인들은 우리말을 지켜냈네
나 해방둥이로 태어나
우리말을 배워 시를 짓고
평생을 애들에게 국어를 가르쳤네

나 아직 해야 할 일이 있네
나라 잃고 말 잃으면 모두를 다 잃는 것
제 이름 제 나라말 잃지 않으면
어디 간들 조국이 살아 있지 않을까
아 마음속에 그리운 우리 조국

나 오늘 에다가와에 와서 보았네
일본 속에 조국이 살아 있었지
에다가와 어린이 해맑은 웃음 속에
라랴러려 통일희망이 반짝이네
나 아직도 해야 할 일이 있네

안부

시민단체는 반전평화를
보수 우익인사들은 반핵반김을 외치던
이 기묘한 광복절

민족통일대축전 평양 행사에 참석하고 돌아온
젊은 시인한테서 전화가 왔다
북의 오영재 시인이 안부를 묻더라고

생전에 우리가 다시 만날 수 있을까?
눈을 감고, 달리 수식어가 필요할 것 같지 않은
그의 순박한 모습을 생각했다

산

가까이 갈 수 없어
먼발치에 서서 보고 돌아왔다
내가 속으로 그리는 그 사람마냥
산이 어디 안 가고
그냥 거기 있어 마음 놓인다

누가 어머니의 가슴에 삽날을 들이대는가

당신들은

시인을 아주 비현실적인 사람이라고 생각할지 모릅니다

그렇습니다

실용주의를 자처하는 당신들 눈에는

시인은 아마도 가장 비실용적인 인간일 것입니다

그러나 누가 무어라 해도 시인은 생태주의자일 수밖에 없습니다

새에게는 새의 길이 있고 물에게는 물의 길이 따로 있습니다

물이 산을 넘지 못하고 산이 물을 건너지 못하는 것인데

당신들은 산을 뚫어 물길을 만든다고 합니다

산으로 간 배는 돌아오지 않습니다

강은 어머니나 같은 것입니다

제발 우리 어머니를 그냥 두세요

나는 아주 불길한 꿈을 꾸다가 몸서리치며 일어나 이렇게 씁니다

한반도 굽이굽이

어머니이신 강이여

누가 당신 가슴에 삽질을 합니다

어머니 아픈 가슴에

제 무덤을 파고 있습니다

스며라 배암

징그러운 저놈의 살모사(殺母蛇) 대가리!

겨자꽃 핀 봄날에

가정법률상담소의 새로운 반세기를 위하여

법에서 꽃이 필 수 있을까
법에도 눈물이 있다지만
법처럼 굳은 땅에 어떻게 싹이 틀까
바위 밑에서 민들레가 돋아나듯
아마도 꽃 피우는 법이
따로 있기는 있을지 몰라

반세기 전 척박한 땅 어두운 곳에
한 알의 겨자씨가 떨어져
어여쁜 우리나라 여자들의
그중 슬픈 눈물 곁에 꽃 한 송이 피우더니
이 봄에는 여의도 한복판에
눈부시게 샛노란 겨자꽃 잔치!

예전에 사내들이 못된 관습에 매어
누를 게 아낙밖에 따로 없는 듯
화풀이로 손찌검도 하였다지만

가여운 우리나라 여자들의
그중 슬픈 앞치마를 적시기도 하였다지만
이제는 새 누리에 환한 꽃밭 보겠네

아희들아 나와서 바라보아라
가난한 네 엄마가 몰래 울어서
온누리에 이렇게 꽃이 피었다
아아, 슬기로운 우리나라 여자들이
반세기나 남아 되는 오랜 세월 끝에
마침내 꽃이 되는 것을 눈 비비며 보겠네

나의 고향은

나의 고향은 공간 속에 있지 않고
머나먼 시간 속에 있다
어린시절 부르던
흘러간 노래 한 소절과
그것이 떠올리는 시간
아득히 먼 별에 숨어 있는 한 송이 꽃처럼
믿을 수 없는 기억 속에

야망

무슨 야망이 남아 있는 것도 아닌데
내 마음 이렇게 무거운 것이냐
벗은 나더러 이념을 그만 내려놓으라 한다
이제 우리가 가지고 있던 것도 하나하나
버려야 할 나이가 되지 않았느냐고
아무 생각 없이 거드렁거리며 놀다 기지고
그럴 리도 없겠지만 청문회에 불려나가
재산이 몇푼 안된다는 게 들통나서
지금까지 뭐 하고 살았냐고 추궁당할까봐
걱정인 나더러 별걱정 다한다고
아무것도 가진 것 없는 나더러
무엇을 더 내려놓으라고
그것이 팔자고 자기 몫의 십자가라고
나 하늘로 돌아가리라 하며
이 세상 소풍 끝내고 돌아가는
천상병 시인만큼 가볍지는 않은 걸 보면
무언가 내 마음에서 더 내려놓아야 할 것이
있기는 있는지도 모르지만

나도 내가 많이 망가졌다는 것을 안다
이진명 시인의 시를 읽으며

나는 내가 왜 이렇게 모래처럼
외로운지를 알았다
나의 불온성에 비추어
나도 내가 많이 망가졌음을 안다
그리고 모든 망가지는 것들이 한때는
새것이었음을

하지만 나에게 무슨 영광이 있었던가
두 눈을 똑바로 뜨고
세상을 바라보았으나
사람들은 내가 한쪽 눈으로만 본다고
그래서 세상을 너무 단순하게 생각한다고
세상은 그렇게 일목요연한 게 아니라고

네 자신이 다른 사람들의 눈에
보이는 것 이상의 다른 무엇일 거라고
결코 상상해서는 안된다고

환상에서 깨어나라고 이념을 내려놓으라고
그런데도 내 눈에 흙이 들어가기 전에는
버릴 수 없는 꿈이 있기에

나는 내가 많이 망가졌음을 알면서도
아직 망가지지 않았다고 우기면서
내가 더 망가지기 전에
세상이 바뀔 것이라는
희망을 버리지 않아서 그래서
나는 더 외로운 것임을 모르지 않는다

허허

5공 시절 겁이 많아 뒷전에 섰던 나를
별수 없는 소시민이라 손가락질하더니
이제 와선 좌파라고 물러나라 다그치네
체셔 고양이가 얼굴 가리고 웃겠네*
몸뚱이가 있어야 목을 자르지
아, 물러나고 싶어도 물러날 자리 없네
떠나온 곳 가보니 떠나온 곳 없네**
그사이 세월은 얼마나 흘렀던가
머리숱이 성글고 어금니가 흔들리네

* 루이스 캐럴 『이상한 나라의 앨리스』 중에서.
** 정호승 「허허바다」의 이미지를 빌려.

초승달

혹은
이상한 나라의 밤하늘에 몸을 숨긴
모습 없는 고양이의 웃음!

태백 하늘에 떠도는 눈발처럼

괜찮다, 괜찮다, 괜찮다, 괜찮다
어느 시인의 시구처럼
사북 지나 고한 장성광업소
철암역두 선탄장(選炭場)
석탄더미에 내리는 눈발처럼
차라리 탄압이나 받았으면
어느 시인 말마따나
바람부리에 몰려다니는 눈발처럼
반짝이며 글썽이는 눈발처럼
어느 시인의 시구처럼
제가 울고 싶으니까 나더러
웃어봐!

* '바람부리'는 태백에 있는 동네 이름.

꼬리를 자르면 날개가 돋을지*

손에서 일을 놓았다
나도 이제 이 지상에서 발을 떼고 싶다
샤갈이 그 아내와 함께 하늘로 떠오르듯
중력을 버리고 이 병든 도시로부터 가벼이
사는 동인 꼬리가 너무 길어졌다
꼬리가 끌고 온 무거운 길을 돌아보며
이쯤에서 나도 길을 내려놓고 싶다
돌아가는 길을 지워버리고
길섶에 핀 풀꽃과 인간들의 거처를 지나온
이 보잘것없는
흉측한 짐승 같은 삶의 꼬리가 밟히기 전에
꼬리를 자르면 길이 사라질까
꼬리를 자르면 날개가 돋을까
영혼이 깃털처럼 가벼워질까

* 윤영수 「소설 쓰는 밤」의 한 구절.

새로운 세기의 노래

지나간 세기의 끝은 2000년
이제 새로운 시대로 들어섰지요
수수만년 쌓아올린 인류의 꿈은
지금 어느 별에 닿았는가요
사람들은 더 나은 미래를 그리며
땀 흘려 일하고
시인들은 평화로운 세상을 꿈꾸며
사랑노래 하는데
새로운 세기가 밝아오는 대지 위에
야만의 그림자가 서성이고 있네요
지나간 세기의 끝은 2000년
이제 세상도 새롭게 바뀌어야지요

■
해설

성찰의 소통

박수연

  짧은 글이므로 많은 시를 분석해볼 수는 없다. 다만, 몇편의 시에서 정희성의 이번 시집 『돌아다보면 문득』을 읽는 한 가지 길을 타진해볼 수는 있겠다. 시집을 펼치자 마자 알겠지만, 시집의 시들은 순하디순한 존재로 바로 그곳에 있다. 언어들은 읽히는 즉시 독자들의 것이 된다. 시는 자신을 읽는 사람과 곧바로 소통하고, 그 사람이 몇 페이지 뒤로 갔다가 돌아와도 여전히 시는 맑게 갠 얼굴로 제자리에 있다. 전작 『詩를 찾아서』(창작과비평사 2001)의 뒤표지글에서 이시영 시인이 얘기한 것, 요컨대 '고요-단순한 시'는 '이번 시집에서도 여전하다. 이것은 그러므로 얼굴 바뀐 자신을 지긋이 돌아보는 삶의 자세와 같을 것이다.

제 삶을 돌아볼 줄 아는 존재에게만 다시 와야 할 시간은 허락된다는 것. 이 사실은 깨달음이라기보다는 상식에 해당한다. 최근의 인문사회학계에서 빈번히 사용되는 용어 '공통감각'과도 긴밀하게 관련되는 이 상식에 대한 진술이 시의 언어로 선택된다면 거기에는 또다른 연유가 있을 것이다. 가령, 상식을 되짚어가는 행위는 그 상식이 사라져버린 시대를 추도하는 행위이기도 하다. 서시 「희망」은 이렇게 말한다.

> 그 별은 아무에게나 보이는 것은 아니다
> 그 별은 어둠속에서 조용히
> 자기를 들여다볼 줄 아는 사람의 눈에나 모습을 드러낸다
>
> ──「희망」 전문

'별'이 '희망'에 해당한다는 점, 그 '별'이 자기를 들여다보는 '주체'의 '대상'이며 '주체'와 '대상'을 소통시키는 것이 '어둠속의 성찰'이라는 점을 간결직절하게 표현할 때, 시인의 의식은 그 소통이 소멸되거나 망각된 상태를

언어들의 이면에서 지향할 것이다. 언어는 부재하는 것들에 대한 욕망이라는 점에서 그렇다. 언어로 몸을 바꾸어서라도 '희망'은, 그것이 없을 때, 그것을 찾는 사람에게만, 어둠속에서 더 절실하게 별이 되어 빛난다. 이 상식을 모르는 사람은 아무도 없다.

그렇지만 시인이 세계에 대한 발견술인 시를 빌려 기껏 상식에만 머물 리는 없다. 세계를 발견하기 위해서는 기존의 세계를 부정하는 커다란 도약이 필요한 법이다. 따라서 어떤 경우라도, 상식이 시로 씌어진다는 것은 그 상식을 뒤집어보는 행위가 시 전체에 삭동한다는 것을 뜻한다. 그렇지 않더라도 시는 결국 상식을 또다른 의미로 재생시킬 수밖에 없다. 재생, 혹은 되살아남의 과정이 시를 쓰는 과정이며, 더 넓게 확장해서 보면, 익숙한 대상들을 변형하여 무엇인가를 새로 만들어내는 과정이기 때문이다. 「희망」에는 상식 이외의 무엇인가가 움직일 수밖에 없다. 그것은 무엇일까?

우선, 시적 감각의 영역이 있다. 상식이 공통감각과 관련된다고 앞에서 썼지만, 그 감각이 시적 감각이라면, 일상의 상식은 시적 진술의 과정을 거쳐 미학화되게 마련이다. 시는 감각을 환기한다. 잃어버린 대상에 대한 알 수 없는 그리움이 이때 나타날 것이다. 시집 『돌아다보면 문득』이 택하고 있는 시적 진술들은 많은 경우 이 그리움의 정서적 압력을 지탱하면서 씌어진다. 정서적 압력은 표면적으로는 마음의 문제이지만 이면적으로는 신체가 느끼는 압력이기도 하다. 실제로 정서적 압력은 신체가 느끼는 통각이나 운동감각을 동반하는 것이다. 정희성은 그러므로 하나의 상식을 공통감각에 연루시켜서 시를 쓴다고 할 수 있다. 예를 들어보자. 정서의 흐름이라는 면에서 보면, 시집의 서시에서부터 여섯번째 시에 이르기까지 독자들은 공통의 요소를 감지할 수 있다. 홀로 있는 존재가 자신을 성찰하면서 갖게 되는 정서들의 공통성이 그것이다. 그것들은 서로 꼬리를 물고 순환한다. 시집의 순서대로 보면, "어둠속에서 조용히/자기를 들여다볼 줄 아는 사람"(「희망」)은 "세상 밖에 나앉아/나는 쓸쓸했네"(「어둠속에서」)로 연결되면서 구체화된다. 그다음, 자기성찰을 수행하는 존재가 쓸쓸함을 경험할 때, 그 쓸쓸함이 대상화된다. 마음이 쓸쓸함을 구하는 순간 "너보다 먼저 온 외로움이/너를 기다리고 있"(「바닷가 벤치」)는 정황이 그것이다. '쓸쓸함—외로움'의 이중적 정황은 그러나 그것 자체로는 부정적인 것도 긍정적인 것도 아니다. 그것이 의미화되기 위해서는 모종의 맥락이 개입되어야 한다. 어머니를 향한 그리움이 그 어머니의 혼적 앞에서 가슴 뛰도록 하는 일(「흔적」)도 있고, 생의 종점을 감지해야 하는 나이에 이르러 가슴이 철렁하는 순간(「가을날」)도 있는 것이다. 마지막으로 「11월은 모두 다 사라진 것은 아닌 달」은 그 정서들의 벡터가 형성한 지점의 총괄이라 할 만하다.

> 11월은 모두 다 사라진 것은 아닌 달
> 빛 고운 사랑의 추억이 남아 있네
> 그대와 함께한 빛났던 순간
> 지금은 어디에 머물렀을까
> 어느덧 혼자 있을 준비를 하는
> 시간은 저만치 우두커니 서 있네
> 그대와 함께한 빛났던 순간
> 가슴에 아련히 되살아나는
> 11월은 모두 다 사라진 것은 아닌 달
> 빛 고운 사랑의 추억이 나부끼네
> ──「11월은 모두 다 사라진 것은 아닌 달」 전문

삶의 소멸, 사랑의 추억 그리고 "그대와 함께한 빛났던 순간"에 대한 진술은 다시 도래할 순간들의 추억으로 마감된다. '모두 다 사라진 것은 아닌' 시간의 여백 앞에서

시적 정서를 지배하는 것은, 한편으로는 쓸쓸함이다. 이 쓸쓸함이 성찰과 외로움을 동반하는 것임을 독자들은 이미 살펴보았는데, 이 정서가 지배적이라고 해도 시인이 속절없는 소멸을 지향하는 사람이 아니라면 시는 희망으로 길을 틀 수밖에 없다. '모두 다 사라진 것은 아닌' 상태를 시인이 되풀이 자각하는 이유가 이렇게 해서 드러난다. '그래도 아직 남아 있는 것은 있다'고 시인은 외치고 싶었을까? 외침은 아마도 더 큰 상실감을 격정적으로 드러낼 것이다. 그 대신 '모두 다 사라진 것은 아니'라는 아라파호족의 말을 빌려 격정을 잔잔한 긍정으로 전환시킬 때, 시는 문득 공통의 세계인식을 가능하게 하는 상태로 들어올려진다. 인식은 강요가 아니라 동의를 통해 이루어지기 때문이다. 소멸하고 재생하는 대상들이 그 정서의 바탕인데, 주목할 것은 반복되는 언어들이다. 반복은 공통감각의 특징적 형식이다. 감각은 '나'와 '너'에게서 유사하게 드러나고 소멸된다. 상식이 상식일 수 있는 근거도 그 상식의 밑바탕에 공통감각이 있기 때문이다. 언어의 반복은 감각을 환기하는 시에서는 감각의 반복일 수밖에 없다. 시가, "11월은 모두 다 사라진 것은 아닌 달" 외에도 "그대와 함께한 빛났던 순간"과 "빛 고운 사랑의 추억"을 두번씩 진술할 때, '사랑의 순간'은 세계의 모든 감각을 동반하면서—사랑은 세계의 모든 것을 다시 인식하게 만든다—긍정하게 만든다. 이것은 어떤 공통 감각을 반영하고 있을까? 앞의 시들을 고려한다면, 당연히 소멸의 쓸쓸함과 외로움, 재생 혹은 조우의 기쁨과 환희, 이 모든 것을 다시 새롭게 보는 순간의 두려움("가슴이 철렁했다" 「가을날」)이다. 이 두려움은 부정해야 할 것이 아니라 환영해야 할 발견의 두려움일 것이다. 세계 속에서 나를 새롭게 만드는 감정이 그 두려움이기 때문이다. 시가 희망으로 방향을 트는 일이 이로써 자기 근거를 갖게 된다. "빛 고운 사랑의 추억이 남아 있네"가 시의 끝에서 "빛 고운 사랑의 추억이 나부끼네"로 작지만 결정적인 변화를 야기하는 일이 이로써 가능해지는 것이다. "남아 있네"에서 "나부끼네"는 단지 언어 차이에 그치지 않는다. 그 차이는 한 존재의 능력의 차이이며 그 능력을 경험하는 자의 정서의 차이를 동반한다. 전자가 '쓸쓸함'을 의미화한다면 후자는 '희망'을 의미화하는 것이기도 하다. 「11월은 모두 다 사라진 것은 아닌 달」이 앞에서 설명한 시들에 나타나는 정서들의 벡터를 총괄한다고 말한 것도 이 때문이다.

시집의 1부는 주로 이렇게 시간 속에서 소멸하는 것들 그리고 시간을 거슬러 오롯이 존재하는 것들의 형상화에 바쳐진다. "작은 종을 팔고 있는 노인 곁에는/새벽길을 쓸던 빗자루 하나가 놓여 있다"(「성자」) "놀라 돌아보는 소년의 눈에 언뜻 비친 눈부처"(「소년」) "굳고 정한 갈매나무/그 드물다는 나무를 생각하며 하이야니/눈을 맞고 서 있었을 백석/남신의주는 너무나 먼데/청천강 참 맑은 물 흘러서 가데"(「서경별곡」)와 같은 구절은 그 시적 계기들의 절창에 해당할 것이다.

상식을 공통감각의 문제로 전환하는 일이 시적 인식의 문제와 관련될 수밖에 없다면, 그런 측면에서 일상의 경험을 시적 반전과 함께 제시하는 2부의 시편들은 현실적 삶의 아기자기한 형상화로써 의미있는 시적 인식에 값한다. 「2007년 6월의 마지막 날」이나 「양말 깁는 어머니」「선시산인(仙是山人)」이 대표적인데, 예상치 않은 결구들이 이끌어내는 소소한 반응은 그것 자체로 사소한 삶의 굴곡을 노래하는 것이다.

그런데 이 시적 반전을 한 시인의 시력 전체에 견주어 본다면, 「선시산인」의 주인공 신경림은 물론이고 고은이나 이시영의 시적 굴곡에 대해서도 정희성의 변화와 관련하여 공통되는 사항을 지적해둘 수 있을 것이다. 고은이 『어느 기념비』(1997)의 시기에 이르러 드러내는 시적 자의식(「나의 시」「그 시인」 등)이나 『순간의 꽃』(2001) 『부

끄러움 가득』(2006)을 통해 단시의 형태로 드문드문 나타내는 선시(禪詩)적 경향은 그의 삶의 이력을 성찰적으로 환기하는 요인이다. 신경림 또한 근작 시집『낙타』(2008)『뿔』(2002)에 수록된 시론을 통해 시의 미학을 강조하는 시적 변화를 반복해 강조한다. 짧은 이야기에 반전을 담아두려 하는 이시영의 변모도 주목할 만하다. 이 변모에 대해서는 정희성 또한『詩를 찾아서』의 시론에서 이미 힘주어 피력한 바이다. 이러한 변모를 공통의 시적 인식이라고 할 수 있을까? 아마 그럴 수 있을 것이다. 변한 세상과 달라진 시적 대응은 당연한 일인 것이다. 이 말은 단지 현실과 그것의 미적 재현으로서의 시라는 규정을 환기하기 위한 것이 아니다. 모종의 시적 소통과 관련된 문제가 여기에는 있다.

우선, 고은 신경림 이시영 정희성 등의 시력이 갖고 있는 공통성을 들 수 있다. 이들은 모두 한국사회의 암흑기에 문학적으로나 실천적으로나 현실에 대한 올곧은 자세를 견지하고 노래했던 시인들이다. 이 삶의 공통성 때문에라도 이들의 변모의 공통성을 보는 일은 자못 흥미롭다. 그 변모의 내부는 다채롭지만, 변모라는 말로 이들이 묶일 수 있다는 사실 또한 눈여겨볼 만한 사항인 것이다.

공통감각을 이야기했으니 정희성만의 감각을 이야기

해야 할 것이다. 정희성의 시뿐만이 아니라 모든 시는 감
각의 성찬을 차려놓는다. 최근의 젊은 시인들의 시를 '감
각의 화려한 폭발'이라고 규정하는 것은 이제 아주 일반
적인데, 이는 아마도 90년대 이후 '몸'의 감각을 새롭게
사유해온 경향의 문학적 결과일 것이다. 그렇다면 정희
성의 시를 '상식─공통감각'의 문제설정으로 파악하는 일
은 90년대 이후의 감각론 일반을 개별 시인에게 적용해
본 것에 지나지 않을까? 아마 그렇지 않을 것이다. 그리
고 그렇지 않아야 할 것이다. '상식─공통감각'의 진정한
구현이라는 것이 있다면, 그것은 '공통'이라는 말에 어울
리는 그 무엇과 긴밀하게 관련되어야 하지 않을까? 젊은
시인들과 정희성의 차이를 들라면, 전자가 동시대인들과
함께 공통의 무엇을 향해 나아가는 일에 소홀한 데 비해
후자는 여전히 그 무엇을 향해 정향되어 있다는 점일 것
이다. 일반화해서 말한다면, '미래파시인'이라고 지칭되
기도 했던 일군의 시인들은 감각의 폭발 속에서도 그 감
각을 변형해가면서 새 세계에 대한 예감을 독자들에게
주기보다는 감각의 내부, 혹은 시인의 내부에 머물러 있
다고 할 수 있다. 이것은 언어적 이해불가능성의 문제를
지적하는 것이 아니다. 애매하거나 난해한 언어를 통해
서도 시인과 독자 사이에는 모종의 주고받음이 있게 마

련인데, 이들의 시에는 그 주고받음을 근거짓는 공통의 지향점에서 애매하다. 분명한 것은 알쏭달쏭한 감각의 향연일 뿐이다. 이것은 상식을 뛰어넘으려는 의도가 지나쳐서 개별 시인들의 언어가 개별적 감각 자체에 머물러버리는 결과를 초래했기 때문일 것이다.

그런데, 공통감각은 '의사소통의 주관적 조건'(들뢰즈)이다. 동시에 소통이 공동의 지향을 만들어가는 행위라는 점도 지적해두어야 할 것이다. 이것은, 언어를 부재하는 것에 대한 욕망으로 보든 영혼의 발언에 대한 기록으로 보든 마찬가지이다. 언어를 주고받는 것은 당사자들의 공통감각으로 공통세계를 지향하는 것일 수밖에 없다. 여기에 정희성 시의 두번째 의미가 있다. 상식을 뒤집어서 새롭게 소통하려는 시인의 의도가 비롯되는 것은 그 소통을 불가능하게 하는 시대의 정황들로부터일 것이다. 그가 보는 것은 여전히 "야만의 그림자가 서성이"(「새로운 세기의 노래」)는 현실이다. 이 시의 배치는 다분히 상징적이다. 시집의 서시가 자기성찰 속의 '희망'을 주제로 배치되는 데 비해, 시집의 끝에는 그 희망을 불가능하게 하는 '시대적 야만'이 마침표로 찍혀 있다. 서시의 진술처럼, 어둠속의 자기성찰이 희망을 불러온다면, 시대적 야만의 어둠속에서도 시인들은 여전히 자기성찰을 수행하

고 그를 통해 꿈을 꾸어야 할 것이다. 시집 『돌아다보면
문득』은 그 자기성찰 행위가 불러오는 정서들의 공동체
혹은 공통의 세상을 희망하고 소통하려는 시인의 비망록
이자 예언록이다. 시인은 이렇게 쓴다.

나는 내가 왜 이렇게 모래처럼
외로운지를 알았다
나의 불온성에 비추어
나도 내가 많이 망가졌음을 안다
그리고 모든 망가지는 것들이 한때는
새것이었음을

하지만 나에게 무슨 영광이 있었던가
두 눈을 똑바로 뜨고
세상을 바라보았으나
사람들은 내가 한쪽 눈으로만 본다고
그래서 세상을 너무 단순하게 생각한다고
세상은 그렇게 일목요연한 게 아니라고

네 자신이 다른 사람들의 눈에
보이는 것 이상의 다른 무엇일 거라고

결코 상상해서는 안된다고
환상에서 깨어나라고 이념을 내려놓으라고
그런데도 내 눈에 흙이 들어가기 전에는
버릴 수 없는 꿈이 있기에

나는 내가 많이 망가졌음을 알면서도
아직 망가지지 않았다고 우기면서
내가 더 망가지기 전에
세상이 바뀔 것이라는
희망을 버리지 않아서 그래서
나는 더 외로운 것임을 모르지 않는다
　　　──「나도 내가 많이 망가졌다는 것을 안다」 전문

　외롭고 쓸쓸한 것이 자신들을 이해받지 못하는 젊은
세대의 특권인 것은 아니다. 많은 경우 시적 파괴와 같은
모던한 형식 실험의 원인은 이해받지 못하는 삶의 자의
식에서 찾아지는데, 그 이해받지 못함이야말로 곧 고립
감의 다른 표현일 것이다. 말을 바꿔서 외로움과 쓸쓸함
의 정서라고도 할 수 있다. 아도르노의 모더니즘은 그 고
립을 참된 예술의 실존적 조건으로 긍정한 경우에 해당
할 것이다. 시가 독백의 장르라는 사실을 그것은 뒤집어

서 예증한다. 그런데, 그 외로움이 정희성에게서 발견되는 것은 전혀 다른 차원을 통해서이다. 그는 "희망을 버리지 않아서"라고 쓴다. '희망'이 고요한 자기성찰을 통해 가능하고 그 자기성찰이 주체와 대상의 소통이라는 사실에 대해서는 이미 글의 서두에서 말해두었지만, 「나도 내가 많이 망가졌다는 것을 안다」는 그 성찰이 삶의 망가짐 속에서의 그것임을 조용히 보여준다. 그렇다면, 시인은 끝내 공통의 무엇을 위한 소통을 포기하지 않고 있다는 말이기도 할 것이다. 이것이야말로 고통 속에서 단련된 시인의 참모습이라는 데에 이 시집을 읽는 사람의 행복이 있다.

세상 속에서 '모두 다 사라진 것은 아닌' 시기를 시인은 지금 살고 있다. 이것은 종점을 예감하는 생애가, 아직 다 살지 않은 시간의 흐름 앞에서 사라지지 않고 남아 있는 존재들을 하나하나 호명해보는 자세와 연결된다. 정희성의 이번 시집에 지난 시간의 빛바랜 추억을 거슬러서 오롯이 떠오르는 삶의 대상들이 넘쳐나는 이유는 바로 거기에 있을 것이다. 이것은 연만한 선배 시인들이 최근에 이르러 내어놓고 있는 하나의 공통적 경향일까? 고은은 그의 시를 삶의 이력과 관련된 성찰적 방향으로 돌려놓고 있으며 신경림은 『어머니와 할머니의 실루엣』

(1998) 이후 과거 시간의 현재화에 몰두하고 있는데, 정희성의 시도 이런 경향의 한 가지를 이룬다고 말하는 것이 그릇된 일은 아니라고 생각된다. 다만 그것이 모든 힘겨운 실존으로부터의 초월이 아니기를 바랄 뿐이다. 이 아련한 긴장 속에서 정희성의 시는 쓸쓸함과 외로움 그리고 그것의 성찰을 통한 희망을 노래한다. 이번 시집은 그 희망의 노래가 맑고 조용한 곡조로 울려퍼지는 투명한 모든 것이다.

朴秀淵 | 문학평론가

시인의 말

세상이 아프니 내가 아프다.
누구의 말이던가. 문득 이 말이 떠오른다.
나는 병이 없는데도 앓는 소리를 내지는 않는다.
세상이 병들지 않았다면 내가 혼자 아픈 것이다.
스스로 세상 밖에 나앉았다고 생각했으나
진실로 세상일을 잊은 적이 없다.
세상을 잊다니! 세상이 먼저 나를 잊겠지.
일탈을 꿈꾸지만 나는 늘 제자리걸음이다.

'같은 자리를 지키고 있으려면 계속 달릴 수밖에 없다'
는 이 막막함이란 '거울나라의 엘리스'만 겪는 고통이 아
닐 것이다.

2008년 여름
정희성

창비시선 291

돌이다보면 문득

초판 1쇄 발행 / 2008년 8월 30일
초판 6쇄 발행 / 2016년 9월 7일

지은이 / 정희성
펴낸이 / 강일우
책임편집 / 박신규
펴낸곳 / (주)창비
등록 / 1986년 8월 5일 제85호
주소 / 10881 경기도 파주시 회동길 184
전화 / 031-955-3333
팩시밀리 / 영업 031-955-3399 · 편집 031-955-3400
홈페이지 / www.changbi.com
전자우편 / lit@changbi.com

ⓒ 정희성 2008
ISBN 978-89-364-2291-2 03810